Hautgeschichten

Jörg Pramor

Tattoograf

rga.Buchverlag

Vorwort
von Stefan Kretzschmar

Alles fing an mit einer Idee. Es war die Idee von einem Bild auf meiner Haut, ein Bild, das ich mit mir trage, für immer. Was aus dieser Idee geworden ist, gehört heute zu mir und meinem Leben. Und aus diesem einen Bild sind viele weitere geworden.

Als Leistungssportler, Moderator, Sport-Direktor, Symbolfigur stehst du fast immer im Rampenlicht und bist ein Stück Öffentlichkeit. Und du lebst mit den Blicken, auch mit den Kommentaren, die einfach dazugehören. Manche sind toll und andere so stumpfsinnig, dass du sie einfach abschüttelst.

Im Grunde ist es völlig egal, was einer von dir hält, wenn du dir im Klaren darüber bist, was du selber von dir hältst. Bilder auf der Haut zu tragen, das bedeutet für mich, meine Geschichte auf der Haut

zu tragen, Episoden meines Lebens zu verewigen, schöne und traurige Episoden. Und natürlich ist das alles auch ein ewiger, sich immer wieder verändernder Schmuck.

So wie bei den faszinierenden Mädels in diesem Buch. Es ist fantastisch, die Fotografien in „Haut-(ge)schichten" anzuschauen und zu erkennen, dass bei den Motiven ein Sinn dahinter steckt, eine Symbolik, und dass es in einer Zeit, in der auch Tattoos einer gewissen Beliebigkeit zu verfallen drohen, immer noch Menschen gibt, die sich wirklich und intensiv Gedanken über das machen, was sie auf der Haut tragen.

Euer
Stefan Kretzschmar

Impressum

Haut(ge)schichten
ISBN: 978-3-923495-95-5

Fotos:
Der Tattoograf, Jörg Pramor

Autor:
Daniel Juhr

Fotografie von Stefan Kretzschmar:
© Thorsten-Eichhorst.com

Gestaltung und Satz:
reprosatz neumann GmbH
www.reprosatz.de

Herausgeber und Verlag:
rga.Buchverlag
J. F. Ziegler KG Druckerei
und Verlag
Konrad-Adenauer-Straße 2-4
42853 Remscheid
Telefon: 0 21 91 / 90 92 62
www.rga-buchverlag.de
buchverlag@rga-online.de

Druck:
fgb · freiburger graphische betriebe
Bebelstraße 11, 79108 Freiburg

© 2007, rga.Buchverlag
J. F. Ziegler KG Druckerei und Verlag

Die Bilder im Essay stehen in keinerlei Zusammenhang zum Text.

Danksagung

Ich danke meiner Freundin Andrea Klein für ihre Geduld, die vielen gemeinsamen Stunden am Rechner und die Geburt des Titels Haut(ge)schichten, der beim Mittagessen in Italien entstand.

Weiterhin bin ich Frank Happel für die Ermunterung dankbar, meine Bilder auszustellen und mein Hobby intensiver zu betreiben.

Ich danke Ortwin Schneider und seiner Mutter für viel Kaffee und die technische Unterstützung.

Außerdem danke ich Jürgen Höller für seine Lifing Seminare und seine Motivationsspritze.

Ich danke dem RGA-Buchverlag und den abgelichteten Mädchen für das mir entgegengebrachte Vertrauen.

Ebenso danke ich dem Team von reprosatz neumann, das sprichwörtlich bis zur letzten Minute an dem Buch gefeilt hat.

Als Letztes möchte ich mich bei Maik's Tattoo für seine Inspiration bedanken.

Der Tattoograf

Jörg Pramor wurde am 6. Juli 1963 in Remscheid geboren. Sein erstes Tattoo bekam er mit 19, es folgten einige weitere. Und er ist noch lange nicht fertig. Seit sechs Jahren fotografiert der „Tattoograf" Frauen mit Tattoos und hat bereits über 150 Models abgelichtet. Seine Bilder waren schon auf mehreren Ausstellungen zu sehen. „Haut(ge)schichten" ist sein erster Bildband. Für die Shootings stellte ihm sein Mentor, „Fotomagic" Ortwin Schneider, seine Location in Gelsenkirchen zur Verfügung.

Der Autor

Daniel Juhr, geboren am 9. August 1978, leitet seit April 2007 den rga.Buchverlag. Er arbeitete zuvor als Journalist und Texter für Tageszeitungen und Magazine.

Ein Essay

Menschen mit Tattoos tragen immer auch Geschichten in sich. Die vom zweiten Leben ist so eine.

Sie hat zwei Kinder, einen Mann, alles schön, alles prima. Familie, davon hat sie immer schon geträumt. Oder? Das Oder war immer auch da. Es verfolgt sie schon seit Jahren, es schwirrt wie ein verirrtes Insekt in ihrem Kopf umher, nur dass es sich gar nicht verirrt hat, sondern sie. Sie lebt das falsche Leben mit der falschen Familie, zumindest mit dem falschen Partner. Denn ihre Kinder liebt sie, sie sind so wunderbar, dass sie auch ihren einzigen Makel, eben dass sie von ihm sind, die meiste Zeit ganz gut verdrängen kann. Als auf einmal alles dunkel wird, denkt sie an gar nichts mehr. Mann, Kind, Leben, all das scheint vorüber. Einen Moment lang hat sie nicht aufgepasst, wo war sie nur wieder mit ihren Gedanken? Vielleicht bei dem verirrten Insekt? Sie steckt in einem Wrack fest, ist selbst zu einem geworden, ein weißes Bett mit Schläuchen dran wird jetzt für lange Zeit ihre Heimat sein. Er besucht sie, die Kleinen auch, sie halten ihre Hand, sie warten, sie beten. Zeit rennt weg, flieht vor ihr, aus dem Herbst ist ein Frühling geworden, wie habe ich bloß den Winter verbracht? Als sie die Augen wieder aufschlägt, sitzt er natürlich bei ihr, sie erblickt ihn und das erste, was sie denkt, ist: Mein Gott, warum bist du keine Frau? Die Frage manifestiert sich so fest in ihr, dass sie sich selbst kaum wiedererkennt. Doch sie zwingt sich einzugestehen: Das, genau das, bist du, warst es immer schon, wirst es auch immer sein.

Und jetzt, da sie noch einmal die Chance bekommen hat, ein Leben zu leben, entscheidet sie sich für das, wofür sie bestimmt ist. Das schicke Fertighaus wird zur Abschiedshütte, Papa wird künftig seine Kinder nicht mehr so oft sehen, denn die nimmt sie mit, und dass die Kleinen bald mit zwei Frauen zusammenleben werden, das werden sie schon verstehen. Und wenn nicht: so what? Vielen erzählt sie ihre Geschichte nicht, nur einer erfährt sie sehr schnell: Der Mann, der sie verewigen darf. Warum sie damit nicht zu einer Frau gegangen ist, fragt sie sich nur ganz kurz, als die Nadel gerade ansetzt, um das „L" von „Live on your own" auf ihr Dekolleté zu ritzen. Als sie schließlich vor dem Spiegel steht, der Schmerz sich legt und alles nur noch Leichtigkeit ist, spürt sie, dass etwas Entscheidendes fehlt. Und sie lächelt: Das verirrte Insekt fliegt nicht mehr.

Menschen, die Tattoos tragen, erzählen ihre Geschichten. Sie erzählen sie über die Haut. Eine ganz besondere Leinwand, wie geschaffen für Lebensbilder, die niemals verblassen sollen. Denn in der Seele verblassen sie auch nicht. So sagen sie etwas über sich, das sie nicht in Worte fassen können oder wollen, das den genauen Blick erfordert, das zweite Hinschauen, das Nachdenken, das Sich-Auseinander-Setzen mit Schicksalen. Menschen, die Tattoos tragen, folgen keinem Trend. Sie folgen einer Tradition, die es schon vor Tausenden von Jahren gab.

Wo die herkommt? Das sollten wir uns sparen, oder? Die Frage nach dem Ursprung des Tattoos ist wie die nach der Henne und dem Ei und beide stehen auf den obersten Plätzen der Müßigkeitsskala. Waren es einst die Polynesier mit ihren mystischen schwarzen Zeichen? Oder die Chinesen mit ihren riesigen farbenreichen Malereien? Oder vielleicht doch die Seefahrer, die ja schon immer überall auf der Welt verkehrten und es unter einem Anker pro Oberarm gar nicht erst bis in die Klischeekisten unseres Denkens schaffen? Oder etwa die Engländer, die den Begriff „tattoo" gar in ihre Militärsprache importiert haben? Und wie wir alle wissen, kommen die Engländer ja bereits tätowiert zur Welt und Soldaten wahrscheinlich sowieso gleich von Kopf bis Fuß. Und sind Beckham und Williams nicht auch von der Insel und ordentlich bemalt? Ja, es gibt Menschen, die sich mit diesem Historienschmarrn ernsthaft beschäftigen. Und dabei solche Seltsamkeiten an den Tag befördern wie die Legende, auch der Ötzi, jener Schrumpelmann aus den österreichischen Bergen, habe bereits zig Tattoos getragen. Mag sein. Und all das liest sich auch ganz amüsant, ist aber in seiner Gesamtheit höchst fragwürdig und nebenbei so gehaltvoll wie Ernies unsichtbare Schachteln aus der Sesamstraße. Alle Historie enthält allenfalls eine einzige spannende Information: Tattoos sind im positiven Sinne von gestern. Nicht wieder so ein Trend und schon gar nicht aus den USA, die waren nämlich (nänä-nä-nänä!) noch gar nicht entdeckt, als sich die Menschen in vielen Teilen der Welt bereits Symbole und Bilder in ihre

Haut ritzten. Inzwischen haben die Amis freilich aufgeholt. Und, bei aller unterstellten Prüderie: Sie haben Mut, ihre Bilder zu zeigen. Manchmal auf ihre ganz eigene Weise…

Er schlägt die Augen auf: Wo war ich stehen geblieben? Alles schwarz-weiß, eine Parallelwelt, irgendwo zwischen einem Gestern, das er vergaß, einem Jetzt, das er nicht versteht, und einem Morgen, das er nie entdecken wird. Er wankt ins Bad, noch halb dämmernd, als es ihn aus dem Spiegel heraus anschreit: „Find him and kill him" So steht es auf seiner Brust, in Spiegelschrift, damit er es auch immer lesen kann. Und sich erinnert: Meine Frau ist tot. Und ich muss ihn finden. Den Mann, der es getan hat. Auf seinen Armen stehen Namen, auf den Beinen Nummern, Leonard ist ein wandelnder Notizblock. Das hat nichts mit Schmuck zu tun, nichts mit Schönheit, es dient der reinen Information, der Hilfe, dem Überleben: Der einsame Mann im schwarz-weißen Raum hat Wissen auf seinem Körper gesammelt, hat ihn in ein Lexikon verwandelt, um nicht unterzugehen. Denn seine Erinnerung stirbt alle zehn Minuten. Er ist gefangen im Jetzt, aber immer auf der Suche. Nach sich selbst. Nach dem Mann, der es getan hat. Nach Erlösung.

Wenn er spricht, der schüchterne Hüne, klingt das, als beiße er auf etwas herum. Er nuschelt, verschluckt Silben, ein ewiger Schnupfen scheint sich eingenistet zu haben, aber der Mann ist kerngesund. Doch die Scharte in seinem Gesicht entstellt ihn, lässt ihn zum Außenseiter werden, den jeder meidet, den

niemand anschauen mag, der schweigt, sobald er kann. Als er sich verliebt, ist es eine Blinde, die ihm verfällt, die nichts gibt um den Makel zwischen Nase und Mund, die viel lieber seinen bemerkenswerten Körper ertastet und sich ihm ganz hingibt. Und die nicht erkennen kann, was diesen Mann wirklich bewegt, was sein Innerstes und seinen tiefen Wunsch nach Befriedigung tatsächlich widerspiegelt. Das sehen nur seine Opfer. Auf seinem Rücken wohnt der Drache, ein unfassbar schönes Tier, seine Schwingen verschmelzen mit den Schultern des Einsamen. Manchmal lässt er ihn heraus, seinen Drachen, entblößt ihn vor seinen Opfern, dreht ihnen den Rücken zu, breitet die Arme aus und gewährt ihnen einen letzten Blick auf das Symbol seiner Seele, ehe er sie anzündet oder zerstückelt. Ein Monster, das tief in seinem Inneren noch immer ein Kind ist, verletzlich und vereinsamt, das sich aber einst ein neues Gesicht gegeben hat. Das Kind in ihm stirbt. Das Monster erklimmt die Macht.

14 Jahre hat er gesessen. Noch einmal hievt er sich in langen Klimmzügen über die alte Metallstange, sein letztes Training hinter Mauern, gleich sagt er der Freiheit „Hallo". Das Bild der Justitia: Sein Rücken spricht es unmissverständlich aus. Ist er ein typischer Knacki, einer, bei dem Tattoos einfach dazugehören? Wie der Seemann mit dem Anker oder der Tätowierer mit dem Pitbull? Wieder so ein Klischee? Nein. Er ist der Antityp des Kotzbrockens, denn er ist bei aller Boshaftigkeit, bei allem Ekel, auch unfassbar charmant. Und wie er sich nimmt, was ihm eine Familie überlässt, deren Vater ihn einst in den

Knast gebracht hat, anstatt ihn zu verteidigen, wie er auseinander reißt, was in sich schon lange zu verfallen drohte, wie er gegeneinander ausspielt, was schon tief in Zwist verfallen ist, wie er sich gar am Ende aufschwingt zu einem Teufel, der alles Menschliche hinter sich lässt, dies alles geschieht nur aus einem Grund: „Justice". Er lebt das Bild auf seiner Haut.

Sie folgt einer seltsamen Tradition: Jedes Jahr, wenn ihr Vater Geburtstag hat, lässt sie sich ein Symbol auf den Nacken zeichnen, kein echtes Tattoo, kein richtiges, keins, das ewig währt. Aber ein Zeichen auf der Haut, mit dem sie ihren Vater ehrt. Doch ihre tiefe Verneigung wird nicht erwidert. Im Gegenteil: Ihr Vater nimmt ihr die Freiheit, ihre Lebensliebe dem zu schenken, den sie auswählt. Denn er wählt für sie aus. Der Vater. Der Patriarch. So fällt sie einem in die Arme, den sie gar nicht liebt, gar nicht will. Sie möchte nur noch ausbrechen aus ihrem Sein und findet Erlösung im Wort: Sie selbst erzählt schließlich ihre Lebensgeschichte, doch sie schreibt sie in kein Buch. Ihr Buch, ihre Seiten, ihre Erfüllung ist Männerhaut. Und so setzt sie mit Worten fort, was einst in Symbolen auf ihrem eigenen Nacken begann: Geschichten auf der Haut...

Der im Jetzt Gefangene

in „Memento", der zum Monster Mutierte in „Roter Drache", der dem Gerechtigkeitswahn Verfallene in „Kap der Angst", die obsessive Zeichnerin in „Die Bettlektüre": Sie alle sind Figuren der Filmkunst, die mit den wunderbaren Mitteln des Kinos versucht, Tattoos auf das zurückzuführen, was sie ursprünglich sind: Symbole für Lebensgeschichten. Erzähler von Vorgängen tief in der Seele eines Menschen, die ihn verändert, die sein Denken und sein

Dasein auf den Kopf gestellt haben, vielleicht von jetzt auf gleich. Oder die das Ergebnis einer langen, konsequenten Entwicklung sind. Die in Hässlichkeit enden kann, aber auch in Schönheit, die Obsession bedeuten kann oder Erlösung, Ausbruch, Veränderung.

Der Mensch an der Nadel: Künstler, Vertrauter, Freund

Zwischen dem Wunsch nach einem Anderssein und der wirklichen Veränderung schwebt die Kunst. Der Mensch an der Nadel trägt sie in sich: Er ist viel weniger Handwerker denn Künstler, Maler, Zeichner, Kreativer. Aber er ist auch mehr als das: Er wird zum Vertrauten. Dann, wenn es um ein Motiv geht, das aus Bedeutung besteht, nicht aus Laune, aus tiefer Sehnsucht, nicht aus Gruppenzwang. Denn die Geschichte, nach Außen gekehrt, braucht einen, der sie kennt, der sie versteht, bevor er sie verewigt. Und so erfahren sie von Schicksalen, diese Menschen an der Nadel, die nicht einmal engste Vertraute erfahren. Der beste Freund, der vor ein paar Wochen einfach sprang. Die Liebe, die einst ging, ganz plötzlich, scheinbar grundlos. Das Kind, das ihrem Leben einen neuen Sinn, eine Wendung schenkte. Die vielen Reisen, die seine Sicht auf die Welt und die Menschen und die Bedeutungen für immer veränderten. Sie erfahren von all den Bildern, aus denen all diese Geschichten bestehen. Von all den Erinnerungen.

Bevor die Nadel vibriert, wird er zum Freund, verbringt Zeit mit dem Menschen, der seine Haut und so auch sich selbst für immer verändern wird. Natürlich ist es nicht immer so. Natürlich

empfängt und bedient auch er jene, die sich keine Gedanken gemacht haben, die auch eigentlich nur ein paar Jahre lang ein bisschen bemalt sein möchten, die hübsche Bilder tragen wollen, sich um ihren Körper ansonsten aber nicht wirklich scheren. Sie sind Kunden. Zahler. Ein Geschäft. Seine Passion sind sie nicht. Sondern jene, die Zeit mitbringen und die viele Geduld, die er einfach braucht, um sie schön zu machen. Die die Frage nach dem Wieviel gar nicht stellen, weil Bedeutsames nicht am Geldwert gemessen werden kann. Und die Tränen in den Augen tragen, wenn es endlich fertig ist, Tränen des Glücks, nicht des Schmerzes. Der Schmerz: Die Frage danach gleicht der nach Henne und Ei. Verdammt, natürlich tut es weh. Aber wo es am meisten wehtut und wo eigentlich kaum und ob es besser abends ist oder mittags und ob die Innenseite des Oberarmes empfindlicher ist als die Stelle überm rechten Knöchel und was überhaupt ein Dekolleté dazu zu sagen hat – who cares? Schmerzsüchtig sind die meisten Menschen mit Tattoos eben nicht. Und überhaupt: Für jene gibt es nun weitaus effektivere Methoden der Sehnsuchtsbefriedigung. Der Schmerz ist vielmehr ein kleiner Stolperstein auf dem Weg zum Bild auf der Haut, und wer sich auf ihn einlässt, wer sich auf sich selbst einlässt und – vor allem – wer sich auf die Veränderung einlässt, der empfindet diesen Stolperstein schon gar nicht mehr als so furchtbar groß. Und vielleicht kann

dieser Schmerz sogar als eine Art von Prüfung gelten, durch die jeder hindurch muss, der diese Form der Endgültigkeit will. Jene sagenumwobene Endgültigkeit: Der Lieblingsinhalt aller Fragen von Zweiflern. Hobby-Zweifler beginnen ihre Sätze gerne mit, „Ja, aber", Profi-Zweifler bauen das ganz schnell zu einem „Ja aber, was machst du denn, wenn..." aus. Eine Frage, die sogleich auf eine immergleiche Sichtweise schließen lässt: Man (jene breite, gesichtslose Masse, die glaubt, die Allgemeingültigkeit auf ewig gepachtet zu haben) unterstellt mit dieser Formulierung, dass jenen Menschen mit Tattoo ihr Hautbildnis im Alter niemals mehr gefallen *kann*. Denn im Alter ist schließlich jeder hässlich und schrumpelig und die Haut hängt ja dann nur noch meterlang vom Körper herab und deswegen *kann* das ja gar nicht mehr gut aussehen, ja Mensch, Kind, hast du dir denn darüber *gar* keine Gedanken gemacht? Noch so eine Unterstellung der Man-Fraktion: Junge Menschen, egal ob 18, 25 oder 37, machen sich grundsätzlich keine Gedanken in ihrem Leben, sondern sind mehr oder weniger unmündig, kurzsichtig oder einfach beschränkt. Und die Antwort vieler auf diese Fragerei ist so wunderbar einfach und zugleich so herrlich entwaffnend, dass sie weder wie ein Ausweichen noch wie eine Ausrede klingen kann, sondern eigentlich jeden Zweifel erdrückt: „Wie es im Alter ausschaut, ist doch egal. Es geht doch hier gar nicht nur ums Aussehen. Es geht um mich. Um meine Geschichte." Aber so viel Tiefgang trauen viele zwar sich selber zu, aber ausgerechnet nicht jenen, bei denen er zu einem wunderschönen

Tattoo geführt hat. Also reduzieren sie sie furchtbar gerne auf jenes Äußerliche. Jenes Bild. Und glotzen. Wenn sie doch wenigstens einmal die richtigen Fragen stellen würden...

Es ist mein Leben. Ich lebe es nach meinem Willen. Auf meine Weise. Endlich.

Wir waren Voyeure, immer schon. Haben die öffentlichen Kreuzigungen und die Gladiatorenarena, die Steinigungen und die Verbrennungen, eingetauscht gegen virtuelle Befriedigung. Immerhin: Die ist meistens nicht echt. Und wenn sie es doch mal ist, schreit die Welt auf: Mein Gott, wie kann man sich nur am Leid anderer ergötzen? Ja, wie kann man nur? Aber man kann. Schon seit Jahrtausenden. Und man glotzt. Dafür braucht es längst nicht immer einen Bildschirm: Wenn ein Kind sich auf die Nase legt, wenn ein Bettler auf die Seite kippt, wenn ein Auto eine Mauer küsst, wenn ein Baby seine Stimme testet. Ist Voyeurismus eigentlich angeboren? Oder werden wir dazu erzogen? Was bewegt uns nur dazu, hinzuschauen, wenn es uns eigentlich gar nichts angeht? Warum machen wir einfach fremde Angelegenheiten zu unseren, reichen die eigenen denn nicht aus? Blicke: Das ist die unmittelbarste Erfahrung, die Menschen mit Tattoos machen. Erst recht, wenn die in Form, Farbe und vor allem Menge von dem abweichen, was im – inzwischen freilich liberaleren – Gesellschaftskonsens, in jener besagten Man-Frak-

tion, als noch halbwegs akzeptabel gilt. Wobei auch dieser Konsens ein äußerst dehnungsfähiges Gebilde ist: Was hier akzeptiert ist, kann andernorts locker zum saublöden Spruch führen. Wer mit Tattoos lebt, der lebt mit den Bildern, und er lebt mit den Blicken, die oft angenehm sind, manchmal aber auch schmerzhaft, die abwertend sein können, verachtend gar, die in Ecken stellen, einfach so, ganz willkürlich. Der lange Rollkragenpulli für den Besuch bei der Oma: Er gehört zur Standardausstattung so mancher tätowierter junger Frau. War schließlich schon schwierig genug, die Eltern nach ihrem Totalschock davon zu überzeugen, dass man sie auch bemalt noch liebt. Und, ja, dass sie das durchaus auch weiterhin erwidern können. Farbe und Edelmetall verhindern Liebe nicht. Aber Oma und Opa? Oder die liebe Tante? Bloß kein Wort. So mutiert der Familienbesuch auch schon mal zur Verkleidungsarie: Piercings raus, lange Klamotten an und auf keinen Fall im Hochsommer rüberfahren, denn dann wird's auf der Terrasse mit Südseite bei lecker-dünnem Kaffee Hag im Strickrolli vielleicht doch ein bisschen anstrengend. Nur warum eigentlich diese Skrupel? Die Suche nach dem eigenen Ich, der Wunsch, aus bestehenden Strukturen auszubrechen, die Rebellion gegen Eltern, Institutionen, Regeln, sie ist doch längst vollzogen: *Ja, ich bin tätowiert, ja, ich bin eine Frau und habe wunderbar bunt bemalte Arme, ja, mein Körper trägt Kunst, für immer, ich nehme sie mit in den Sarg oder das Krematorium, ich will es so, ich will es für mich, ich liebe es und ich will mehr, und wenn ausgerechnet du das nicht verstehst, liebe seit*

Ewigkeiten schon Toleranz und Offenheit predigende Mama, Oma, Tante, dann tut es mir leid, ich kann es nicht jedem recht machen. Ich muss es schon mir selber dauernd recht machen und damit habe ich, glaube mir, liebe Welt, verdammt noch mal genug zu tun. Aber die meisten sagen das so nicht. Und so leicht, wie es sich in dieser Wunschvorstellung lesen mag, ist es ja auch freilich nicht. Zumal da noch ein paar mehr herumlaufen als im Gestern lebende Omis und Tanten. Da sind Lehrer, Vorgesetzte, Kollegen, Entscheider. Menschen, die ihre Geschichten auf der Haut tragen, werden eben immer noch und viel zu oft Opfer eines perfiden Paradoxons: Gerade sie sind es, die viel von ihrem Seelenleben offenbaren, die zeigen, was sie bewegt, wie sie denken. Und die ja durch ihre Offenheit eigentlich Brücken bauen: Hey, das bin ich, ich sehe genau so aus und so denke ich auch! Das aber scheint viele andere Menschen zu überfordern, sie sind diese Offenheit nicht gewohnt, eine Direktheit, die durch ihren Mantel der Kunst natürlich zugleich voller Geheimnisse steckt. Sie kleben an den Bildern fest, die sie nicht verstehen, aber sie fragen auch nicht, denn das tut man ja nicht, und was fremd und seltsam wirkt, kann ohnehin nur böse sein, also will ich lieber gar nicht erst wissen, wer denn da hinter diesen Bildern steckt, nein, nein, bleib lieber weg, weg, weg, weg! Wird es jemals anders sein? Akzeptiert sein heißt, gar kein Thema mehr zu sein. Aber wäre das nicht auch schade? Würde der Tattooszene mit all ihrer Faszination nicht viel von ihrem Reiz verloren gehen, wenn sie komplett akzeptiert und damit kein Thema mehr wäre? Wie langweilig. Ist es nicht gerade diese charmante Außenseiterrolle, die sie so attraktiv macht? Und mal ehrlich: Hat sie durch den enormen Schub, den Boom der vergangenen gut zehn Jahre gerade in Deutschland, nicht eben diese Attraktivität schon ein Stückweit verloren?

Das Arschgeweih ist in den Duden tätowiert

Klatsch: Die hässliche „Trend"-Vokabel hat die Tattooszene erfasst wie eine Welle den Felsen begräbt. Einst im Schattendasein, ist das Körperbild gesellschaftsfähig geworden. In den Siebzigern musste sich schon selber ritzen, wer nicht Ewigkeiten bis zum Tätowierer seines Vertrauens tuckern wollte. Und der konnte damals auch noch nicht so, wie man heute kann. Und jetzt? Macht an jeder Ecke ein Tattoostudio auf, so mancher Siebzigjährige gar hat das Naserümpfen gegen den Selbstversuch eingetauscht, Teenager haben längst ein neues Hobby entdeckt und ihre Motivsuche sieht manchmal so lapidar aus wie das Blättern im Kaufhausprospekt. Wie inflationär sich die Körperbemalung entwickelt hat, zeigt auch ihre Entsprechung im Sprachgebrauch: Das Arschgeweih ist längst in den Duden tätowiert. Es hat seinen festen Platz zwischen „Arschgeige" und „arschkalt" und geht garantiert nie wieder ab. „Derb" sei dieser Begriff, fügt der Duden dienstbeflissen an, wie rührend. Inzwischen gibt es sogar ein Lexikon neudeutscher Begriffe, das auf „Arschgeweih" getauft wurde. In Deutschlands Comedian-Szene ist out, wer nicht zumindest in der Zugabe irgendwann sein Publikum mit dem A-Wort versorgt und irgendeinen abgedroschenen Joke über Hörner nahe des Weibleins Hintern macht. Wer „Arschgeweih" nicht kennt, hat vielleicht in den vergangenen zehn Jahren medial Pause gemacht, vorbeigegangen sein kann es eigentlich an keinem. Und sie sind ja auch unübersehbar: Sobald es zweistellig wird, kühlt frau halt gern mal ihre Nieren, um das kleine Schwarze auf der Hüfte zu zeigen. Individualität hat dabei ausgespielt, denn auch die kreativsten Künstler stoßen bei den Verzierungen überm Po irgendwann an ihre Grenzen. Tattoo als Mode: Das hat in den vergangenen Jahren viel verändert. Jeder Popstar und jeder dritte Fußballer läuft bemalt herum. Es ist fast wie früher mit dem Rauchen: Wer nicht mitmacht, ist irgendwie out. Und so stürmen sie in die Studios, keine Zeit, kein Geld, billig soll es sein und schnell gehen. *Wann können wir anfangen? Was, warum ich das haben will? Na, meine Freundin hat's doch auch und mein bester Kumpel und das trägt man doch jetzt. Sterne sollen ja im Moment ganz in sein, kannst du die auch? Oder ein Smiley unterm Zeh, das will meine halbe Clique, hihi!*

Eine neue Toleranz ist entstanden: Das ist das Schöne an der Tradition, die unfreiwillig zum Trend mutierte, weil die Masse sie entdeckte. Wer Kunst auf seinen Armen trägt, muss heute eben nicht mehr zwangsläufig in lange Hemden schlüpfen, wenn im Sommer die Hitze drückt. Auch so manche Bürokauffrau darf die Haare über dem chinesischen Zeichen im Nacken hochstecken, ohne gleich zum Chef zu müssen. Eigentlich gut. Aber diese Tradition, sie hat eben auch an Charme verloren, hat sie gegen eine schale Form von Beliebigkeit eingetauscht, die leicht bitter schmeckt. Es ist ein bisschen so wie in der Unendlichen Geschichte, jenem mit Bildsprache angefüllten Wunderbuch. Hier ist es die Phantasie mit all ihren Geschichten, die den Menschen verloren geht und in jener Parallelwelt „Phantasien" das große Nichts gebiert, das alles zu verschlingen droht. Die Masse an Tattoos, die nichts mehr sind als langweiliger Schmuck, die jenen, die sie wollen, sogar so wenig bedeuten, dass sie schon bei der Motivsuche nach der lasertechnischen Rückversicherung fragen, sie überdeckt das, was den Ursprung, den Sinn des Tattoos überhaupt erst ausmacht: Die Geschichten. Aber es gibt sie noch.

Flammen schießen aus dem Feuerherz auf ihrem Bauch. Sie lodern über den Dämonen auf ihrer Brust, aber sie töten sie nicht. Die Dämonen leben weiter, haben sich in ihr verewigt, sind ein Teil von ihr geworden. Aber sie ist eine Andere. Jetzt. Die Teufel, das war einmal, da war sie jung, klein eigentlich, und fühlte sich so schwarz wie eine Dezembernacht, jeder Tag an den Rand gefüllt mit der Melancholie eines Herbstnebels. Sie glaubte an gar nichts mehr, außer daran, dass jedes Licht für sie erloschen ist. Dass Dunkelheit sie und die ganze Welt regiert. Ihr Haar zur Fransenmähne

mutiert, der Blick so starr und versteinert wie der einer Statue, die in Stein geboren ist. Sie glaubte so lange, für die Finsternis zu leben, bis sie der Finsternis des Lebens wirklich begegnete: Als sie Menschen dabei zuschaute, wie sie alles Irdische verließen, wie sie den Tod ergriffen, wie sie ihm folgten in die Welt jenseits unserer

Vorstellungskraft. Sie half ihnen dabei, loszulassen, Ja zu sagen zum Tod, der Finsternis oder Helligkeit, Erfüllung oder Verderben, Erlösung oder Verdammnis bedeuten kann. Den Alten, den Kranken, den Einsamen hielt sie die Hand, diese naive arme Frau in schwarz, die so gern an Dämonen glauben wollte. Doch, wie scheinbar paradox, als sie durch ihrer aller Augen dem Tod ins Gesicht schaute, fand sie selbst ins Leben zurück: Eine Sterbebegleiterin, eine Helferin, eine Gute. Eine, die anderen beisteht, wenn nichts mehr geht, die da ist, wenn sonst alle fort sind. Sie entdeckte einen Glauben in sich, den sie vorher verflucht hatte, fand zu einem Gott, der nicht aus der Hölle kam. Sie begriff plötzlich: Da gibt es mehr für mich im Leben als Dunkelheit. Diesem Mehr wollte sie ein Gesicht geben, eine Form, einen Ausdruck. Und fand alles tief in ihrem Innersten, das sie nach außen kehrte. Ihr Herz: Tiefrot und voller Leben. Es prangt auf ihrem zarten Bauch und schießt Flammen auf ihre Brust. Dorthin, wo die Dämonen leben. Das Herz weist ihr heute den Weg. Und doch will sie auch

ihre kleinen Teufel behalten, sie steht zu ihnen und zu dem, was damals war. Eine Erinnerung, vielleicht eine Warnung, die sie jeden Tag aus dem Spiegel grüßt. Sie werden niemals verbrennen, ihre Dämonen. Aber sie regieren sie nicht mehr.

Geschichten wie diese finden sich immer noch, aller fürchterlichen Beliebigkeit zum Trotz, in vielen, vielen traumhaften Tattoos wieder. Es sind jene, die in einem Film vielleicht surreal wirken würden, weil sie so schlimm, so schön, so traurig und so voll von Wundern sind, dass sie eben doch nur in Wahrheit passiert sein können. Es sind jene Hautgeschichten, die auch die vielen wunderschönen Frauen in diesem Buch tragen.

Wir erzählen sie.

69  Beccy Lavender

 73  Psychobambi

 77  Elfenzauber

 83  Gen

 87  Jill Diamond

 93  Pia

Schnute

Och, jetzt zieh doch nicht so ne Schnute! Das musste sich Julia wohl schon so manches Mal anhören. *„Irgendwie guck ich wohl manchmal komisch oder verziehe den Mund ganz doof"*, mutmaßt sie – das fiel auch anderen auf und schon hatte sie ihn weg, den Spitznamen „Schnute".

„So viele Mädels haben Arschgeweihe
und die haben sie auch noch, wenn sie alt sind.
Ich habe dann halt ein ausgesprochen großes.“

20

21

Julia | Oberhausen | 15. März 1987

Nee, unter 18 lief da tattootechnisch mal gar nichts für Julia, da hatten Mama und Papa die Finger drauf. Dagegen waren sie aber nicht: „Sie hatten einfach keine Lust, da irgendwas für mich zu unterschreiben", erzählt sie. Also: Warten bis zur Volljährigkeit. Und dann fing Julia erst einmal klein an: Drei süße Wolfstatzen zieren ihre Leiste. Man muss sich ja erst einmal herantasten.

Bei den Piercings ging sie da schon deftiger ran, 13 sind es aktuell, über den ganzen Körper verteilt.

Ihr Körper: Den begreift sie als Leinwand, als Ort der schönen Künste, als Schmuckstück für eine gestochene Bilderwelt. Diese ziert bereits ihren gesamten Rücken, weil dort der schönste Platz ist für Kunst. Ein Motiv, das wie zwei Flügel wirkt, aber keine ist, das mit dem Körper zu verschmelzen scheint.

„Es ist der Schmuck, das Bild als solches, das mich so reizt, und weniger ein tieferer Sinn", gibt Schnute zu. Bilder möchte sie ihrer Haut noch viele schenken, viele bunte Blumenmotive sollen noch folgen. Ihr Weg zum Gesamtkunstwerk hat sie für dieses Buch erstmals vor eine Kamera geführt und sie hat sich ihr hingegeben mit allem, was für eine freche Debütantin dazugehört: Mit Grimassen und Albernheiten, mit Herzklopfen und Frische. „Eine Erfahrung, die ich noch einmal machen möchte."
Vielleicht liegt es gerade an dem hellen Licht, welches Schnute dem Tag schenkt, dass es auch einen Schatten braucht. „Das Leben ist eine Krankheit, die vom Tod geheilt wird." Den Satz hat sie aus dem Kino-Knast-Frauenfilm „Bandits" abgeleitet, leicht verändert und im Kopf behalten. Was sie sich aber irgendwie gar nicht erklären kann: „Dieser Spruch ist so was von dunkel. Das passt eigentlich gar nicht zu mir."

23

Da*Suesse

Gesegnet ist, wer nach seiner Wirkung auf Menschen benannt wird – zumindest, wenn diese Wirkung eine positive ist: Süße, so nennen Sara Urban alle, die sie kennen. Und das seit Jahren. Mit der konventionellen Schreibweise gibt sich die bunte Blonde aber nicht zufrieden: Ein „Suesse" muss es schon sein. Und das „Da*" davor – es sieht halt schick aus.

„Viele sagen, lass es sein, du bist doch hübsch genug. Aber ich bin süchtig. Es ist eine positive Sucht.
Eine Sucht nach Tattoos und Piercings. Ich weiß nur eins: Es ist nicht der Schmerz.
Beim Tätowieren versinke ich in einer anderen Welt. Da kann ich abschalten."

24

„Ich finde Elfen einfach total schön.
Vielleicht, weil sie Flügel haben. Und weil sie überall
dahin fliegen können, wo sie wollen."

25

Sara Urban | Herne | 30. Januar 1979

Kann Sucht etwas Schönes sein? Sucht, dieses total negativ besetzte Wort, das so oft von Abhängigkeit und Qual erzählt? Bei Da*Suesse kann es das offenbar.

Ein Meer aus Sternen, es gehört nicht nur an jeden klaren Nachthimmel, sondern auch zu Da*Suesse. 30 Sterne trägt sie auf der Haut, dazu zehn weitere Tattoos, eines davon so groß, dass es ihre Jugendsünde auf dem Rücken effektiv vergessen lässt: *„Das hat mir privat einer gemacht. 70 Mark habe ich dem gezahlt."* Damals war sie 18. Jetzt, mit Ende 20, gehört sie fast zum Inventar ihres Stammtattoo-Studios im Ruhrgebiet und es gibt keine Stelle an ihr, die in Zukunft nicht für ein gestochenes Bild infrage käme – außer ihrem Gesicht. Das wäre zu viel des Guten, zumal sie weiß, dass die Öffentlichkeit auch mal verdammt nervig sein kann: Wenn sie blöde glotzt. Wenn sie ihr das Gefühl gibt, nicht sie selbst sein zu können. Wenn sie sie womöglich auch noch dumm anmacht für ihre Leidenschaft. Momente, in denen sie wieder die Elfe herbeisehnt. Oder die freiheitsliebende Schwalbe, ein weiteres ihrer vielen wunderschönen Motive. Vor allem anderen aber besinnt sich die Süße, die den Traum leben will, statt das Leben zu träumen, auf ihre vielen, vielen Sterne: *„Denn sie weisen mir den Weg."*

Berit

E s gibt ja Tätowierte, die stört es, wenn
andere nix haben. Was sollte ich da sagen?
Mein Freund hat kein einziges Tattoo!"

„Man wird angeschaut, steht im Mittelpunkt.
Ich mag das, ich genieße es. Ich brauche diese Aufmerksamkeit.
Und 95 Prozent derer, die sich trauen,
was zu sagen, reagieren auch positiv."

Berit Raida | Bochum | 27. November 1979

Wenn du die Grenze einmal überschritten hast, dann gibt es keine Grenze mehr. Sie hat sie längst überschritten: Selbst im Gesicht trägt Berit ihre Bilder. Sterne sind es, die sich von der Stirn bis zur Schläfe hinunter ziehen. Und während die Sterne nie vergehen, sind andere Episoden auf ihrer Haut inzwischen Geschichte.

Wie die von ihrem ersten Tattoo. Das stand für totale Abstinenz, kein Alkohol, keine Kippen, kein gar nichts. 19 war sie damals, stand total auf die Band „Minor Threat". Dann kam die Wende in ihrem Leben, mit der Abstinenz hatte es sich erst einmal und das Symbol musste weg. Ob sie es heute wieder überstechen lassen würde? Vielleicht nicht. Denn was danach kam, soll für immer bleiben.

So wie der Name ihres Ex-Mannes. Kurz nach der Trennung von ihm war der Gedanke, es einfach covern zu lassen, ganz stark. Heute ist er das nicht mehr. Er gehört zu ihrem Leben, dieser Mensch, dieser Name, er ist für ein paar Stationen mit auf ihrem Zug gefahren.

Auch ihre ganz besondere Liebe zu Ratten hat er immer geteilt. „Unsere Ratte schlief sogar beim Hund im Körbchen." Und so findet sich solch eine Ratte auch auf ihrem Arm wieder. Und doch sind es vor allem jene Namen, die Berits Haut am intensivsten zeichnen. Den ihres kleinen Sohnes, Finn Iven, hat sie zusammen mit einem Stern schon vier Wochen nach seiner Geburt tätowiert bekommen. Der Name ihres neuen Freundes soll ebenfalls verewigt werden: „Denn all diese Namen sind Teile meines Lebens."

Judy

Das Land hinter dem Regenbogen: Ziel aller Kindheitsträume in „Wizard of Oz", ihrem Lieblingsfilm. Ein kleines Mädchen reist diesen Träumen nach, gespielt wird es auf unvergessliche Art von Judy Garland. Ihren Namen trägt sie weiter.

„Wenn alles voll ist? Dann beginne
ich wieder von vorne. Allerdings müsste ich mich
dann von vielem trennen. Und das fällt schwer."

32

34

Judy | Erfurt | 17. April 1979

Pink, blond, schwarz, blau, rot – manchmal gleicht ihr eigenes Haar dem Land hinter dem Regenbogen. Es verändert sich, wie auch ihr Leben sich verändert. Und ihre Haut. Judy ist eine Tattoo-Süchtige geworden: *„Ja, es ist eine Form von Sucht. Alle zwei bis drei Monate brauche ich dieses Gefühl einfach wieder."* Aber diese Sucht führt nicht zur Beliebigkeit. Im Gegenteil: Sie sieht ihre Bilder nicht direkt als Schmuck, sondern als Art des Ausdrucks für ein nicht immer einfaches Leben.

Der Rock n'Roll und seine Zeit spiegeln sich in vielen ihrer Motive wider. Die Musik, der Tanz, das Gefühl. Ihr rechter Arm ist der Rock-Arm.

Judy als Gesamtkunstwerk: Eine Vorstellung, die ihr durchaus gefällt. Mit all ihren Piercings, all ihren Tattoos. Sie fotografiert außerdem selbst, Menschen, Gesichter, aber auch Relikte aus der Zeit, die zu erleben sie 30 Jahre früher hätte auf die Welt kommen müssen: Oldtimer aus den 50ern.

Viel Platz auf der Haut hat sie noch und auch schon genaue Vorstellungen, was ihre nächsten Motive betrifft: *„Auf meinen Beinen möchte ich Film-Strips der 20er bis 50er Jahre tragen."* Ein ganz bestimmter Film, er stammt übrigens aus dem Jahr 1939, dürfte da wohl nicht fehlen...

KittyDeluxe

Katzen haben es ihr angetan.
Ganz besonders ihre knallrote Keramikkatze...

"Beim Dekolleté musste ich ganz schön auf
die Zähne beißen. Aber wer schön sein will, muss leiden."

36

Ina Börsch | Solingen | 9. Oktober 1987

Schon ganz früh entdeckte KittyDeluxe ihre Vorliebe für Tattoos und Körperschmuck. Und setzte sie um: Mit 15 Jahren bekam sie ihr erstes Tattoo, ein Tribal, und das gleich auf die Leiste. Muttern war nicht begeistert, aber dabei, als die Nadel zustach. Heute findet sie es toll.

Was andere darüber denken, hat Kitty schon mit 15 herzlich wenig interessiert, aber natürlich sprachen viele ihrer Freunde drüber. So mancher war dabei, der später zu Hause auch mal leise weinend anfragte, ob er denn nicht vielleicht auch...

Und während sie noch baten und bettelten, legte Kitty schon nach, mit 16 folgte Tattoo Nummer zwei und mit 18 kamen endlich ihre Schwalben dazu. Ihr Traummotiv, die schönen freien Vögel, die Natur, das Pure. Sie gab ihr Dekolleté dafür her, nahm den Schmerz in Kauf, fühlte sich endlich genauso wie die vielen tätowierten Menschen, die sie schon als Kind faszinierend fand und bewunderte. Den Augenblick festhalten, auf der eigenen Haut und mit der Linse einer Kamera, das sind ihre Leidenschaften.

KittyDeluxe ist eine Grüblerin im positiven Sinne, überlegt sich lange und gut, was auf ihre Haut darf und was nicht. Fest steht, dass sie noch eine Menge Tattoopläne hat. Vor allem der Oldschool-Stil hat es ihr angetan. Und: Tiefe muss es haben, eine Tiefe, wie sie vielleicht nur die Natur so erfinden kann. Die Offenheit, die es dort gibt, wünschte sie sich auch unter den Menschen: *„Ich finde es schade, dass viele Leute so intolerant sind und tätowierte Menschen als asozial ansehen."*

Sandra X

"Vor der Kamera mache ich gern außergewöhnliche Sachen. Ich will einfach nix Langweiliges, da muss schon Action rein, dann macht's erst richtig Spaß."

„Bei meinem Job im Büro habe ich nie Probleme. Mein Chef hört schlimmere Musik als ich."

Sandras Golz | Mülheim | 25. Januar 1977

Ich wollte einen Schmuck haben auf der Haut. Damit hat's angefangen. Es wurde ein Tribal auf dem Bein. Ohne größere Bedeutung." Damals war Sandra X gerade 18. Eher ging gar nichts, da hätte die Mama nicht mitgemacht. Als sie dann da waren, die Bilder, gefielen sie ihr indes, allein die Menge irritiert so manche Mutter dann doch etwas. Womit Sandra kein Problem hat: *„Die Meinungen meiner Mutter und meiner Stiefoma sind mir wichtig. Was der Rest der Familie darüber denkt, interessiert mich nicht. Die sehen doch nur die Oberfläche."* Ein Wasserwirbel auf dem Ellbogen, ein Drache als ihr chinesisches Sternzeichen, dazu ein Feuerdrache und ein chinesisches Schriftzeichen auf dem Innenarm – ihre Haut steckt voller doppelbödiger Symbolik. Was darunter abgeht, ist indes teils so düster, dass sie lieber nur die Bilder sprechen lässt: *„Da sind schon ein paar dunkle Motive bei."* Aber es gibt auch helle Momente, wie die bunten Schmetterlinge, die für gute Zeiten stehen, für beste Freunde, für Glück. Oder das N auf ihrem Handgelenk. Es steht für Nadine, ihre dritte bessere Hälfte: *„Sie hat mir gezeigt, was bedingungslose Freundschaft, Liebe und Familie wirklich heißt!"*

Makani Terror

Sie kann nett sein, sehr nett sogar. Von jetzt auf gleich aber kann sie auch Ihre andere Seite zeigen, eine unangenehme, eine, die keiner kontrollieren kann. Makani, das ist der Wind, die leichte hawaiianische Brise, die ein Stück Papier zum Fliegen bringt. Terror, das ist die dunkle Kraft, die niemand mehr im Griff hat, die eine ganze Welt niederreißen kann. Ein perfides Zusammenspiel der Gegensätze.

43

„Ich hätte selbst Tätowiererin werden können.
Aber meine eigene Selbstkritik
stand mir immer im Weg."

44

„Ich bin erzkatholisch aufgewachsen.
Da ist es schwer für eine Mutter, eine Tochter
wie mich zu haben. Eine andere Haarfarbe —
und meine Familie hatte schon genug."

45

„Mit 13 hatte ich mein erstes Augenbrauenpiercing. Danach kamen dann die Tattoos, die habe ich zu Hause verheimlicht. Dann entdeckte meine Mutter per Zufall mein buntes Bein, als ich mal barfuß lief. Ich griff also zur Notlüge: Keine Sorge, Mama, das geht wieder ab."

47

Kathrin Toelle | Oberhausen | 27. Dezember 1979

Mit zehn brach sie aus. Die behütete Jugend, der Traditionalismus der Eltern, immer wieder ein Das-tut-man-nicht: Zu viel des Guten, irgendwie. „Punx forever": Ziemlich direkt rebellierte sie gegen ihr Establishment. Damals war sie 15. Der Spruch selbst hat heute wenig Bedeutung für Makani Terror, diese Brise, die in einen Sturm umschlagen kann. Aber dass sie es getan hat, ist von Bedeutung. Heute gibt es nicht mehr die Frau mit den Tattoos. Sie ist Tattoo. Alles ist eins auf ihrer Haut, ein einziges großes Kunstwerk. Das sie gerne zeigt. Denn Makani Terror liebt die Kamera – was die auch erwidert.

Doch alle Schönheit birgt etwas Dunkles in sich. Zwischen all den Symbolen auf ihrem Körper verstecken sich auch jene der Trauer. Zwei Selbstmorde von nahestehenden Menschen hat sie verarbeitet, hat beide verewigt. Sie leben in ihr fort, als Bilder der Erinnerung. Und sie selbst? Hat sich immer wieder auf die Suche nach dem eigenen Ich gemacht. Wer bin ich, wo will ich hin? Abi, Uni, Ausbildung, das volle Programm, aber am Ende herrschte Sendepause. Heute hat sie sich in der Szene manifestiert. Sie arbeitet als Piercerin in einem Tattoo- und Piercing-Studio und manchmal kommen Leute in den Laden, über die sie denkt: „Das würde ich denen nicht erlauben." Vielleicht, weil sie sich nicht die Gedanken machen, die sie sich einst durch den Kopf gehen ließ. „Heute ist es leichter für uns", findet Makani Terror. Der Tattoo-Trend macht vieles oberflächlich, aber er macht auch vieles einfacher. Und doch: „Manche bleiben stehen, sehen mich, regen sich auf. Haben die keine eigenen Probleme?" Vielleicht verstehen sie einfach nicht. So wie die Oma oder die Tante, denen sie lieber einen langweiligen Rollkragenpulli zumutet als ihren bunten Hals. Eigentlich kann es Makani Terror egal sein, was andere denken. Sie geht ihren Weg: Death before discover – Lieber stehend sterben als liegend leben.

Jazzy Bates

Ein bisschen Norman steckt drin in diesem Namen, und das setzt sich für Jazzy Bates auch vor der Kamera fort. Ein bisschen Trash, ein bisschen Blut, ein bisschen Ausleben der dunklen Seite. Und dabei bloß nicht festlegen lassen auf irgendwas.

49

„Man will nicht darüber reden, es aber allen zeigen.
Auf eine geheimnisvolle Weise. Und dann hat man das Gefühl,
man hätte wirklich darüber gesprochen.“

„Ich bin nicht das liebe Mädchen, für das mich alle halten."

Jazzy Bates | Mülheim | 12. Dezember 1978

Schmerz. Er spielt für Jazzy Bates eine große Rolle. Eine Hauptrolle? Vielleicht. Aber nicht physisch, sondern in der Seele. Sie scheint der Prototyp der hübschen kleinen Blonden zu sein, in der Familie, im Beruf. Doch die Symbole auf ihrer Haut sprechen eine andere Sprache. Da lebt eine Geisha, die nach Selbstständigkeit, nach Freiheit strebt, so wie sie, der man alles sagen darf, nur nicht, dass sie etwas tun muss: *„Denn dann fühle ich mich eingeengt."* Sie will sich nicht festlegen und nicht festlegen lassen. Und wirkt dabei so vielschichtig wie die Motive auf ihrer Haut. Herz- und Engelbilder, die Schönheit ausdrücken, treffen auf Düsternis und Zerfall. Metaphern für eine Welt, in der es sich manchmal nicht zu leben lohnt.

Für sie aber lohnt sich diese Welt, in der es ganz unmittelbar viele Andere gibt, die wie sie mit Tattoos leben, die ihre Sprache sprechen.

Und auch ihre Familie will sie in dieser Welt verewigen. Denn auch für Mutter und Vater ist noch Platz auf der Haut. Der immer mehr schwindet: *„Jedes Mal sage ich mir: Gut, das war's. Aber dann vergeht ein halbes Jahr, ich erlebe viel Neues, manches ändert sich..."*

Nicole

"Wenn mein Vater noch leben würde, der würde nicht meckern über meine Tattoos. Der würde sich eher selber zuballern."

53

„Ein Bio-Tattoo durfte ich nicht haben.
Mein Vater sagte: Wenn, dann richtig."

Nicole Peinert | Wuppertal | 10. Juni 1983

Die Geschichte vom Mädel, das heimlich ins Tattoo- oder Piercingstudio rennt, weil Mami und Papi es verbieten, ist inzwischen eine urban legend. Natürlich ereignet sie sich immer wieder, irgendwo, aber noch öfter wird sie erzählt. Es gibt aber auch das genaue Gegenteil. Es gibt sie, die Mamis und Papis, die ihre Tochter mit einem Bild auf der Haut beschenken. Ganz egal, wie alt sie ist. 15 war Nicole, als ihr Vater, der selbst ein Schwert mit einer Schlange drum herum auf der Haut trug, sie mit einem Tattoo glücklich machte. Weihnachten 1998: Zeit für ihr Tribal auf dem Schulterblatt.

Die Mama sah es nicht ganz so, tut es heute noch nicht. *„Jetzt ist Schluss',* sagt sie immer wieder, *wenn ich was Neues habe. Aber sie weiß: Ich kann nicht damit aufhören."*

Inzwischen zählt sie die Bilder auf ihrer Haut nicht mehr. Manche handeln von Liebe und wie sie zerbrach. Wie der Drache an ihrer Taille. Andere von Schmerz und Verlust, wie die Schlage auf ihrem Arm, zu Ehren ihres Vaters, der nicht mehr lebt. Tattoos sind Schmuck für sie, aber auch Symbole für das, was ihr Leben auszeichnet.

Und morgen? Oder übermorgen? Darüber macht sich Nicole keine Sorgen: *„Meine Kinder finden's sicher nicht so schlimm."*

Mel

"Andere haben das Stechen der Nadel überlebt, ich überlebe es auch. Vielleicht ist es wie beim Kinderkriegen. Währenddessen sagst du dir: O mein Gott. Aber danach ist es nur toll."

„Hope dies last. Und ohne meine
Hoffnung wäre es manchmal fast
aus gewesen in meinem Leben."

58

Melanie | Essen | 19. April 1979

Eine kleine Elfe sein. Einfach davon fliegen können, es aber eigentlich gar nicht müssen, weil die Welt, in der man lebt, diese wundersame Phantasiewelt, einem doch schon alles gibt. Sie träumt sich hinein in diese Phantasiewelten, immer wieder. Unternimmt filmisch eine Reise ins Labyrinth, entdeckt über Bücher oder über die Natur das Schöne in der Welt.

Und dieses Schöne trägt Mel auch auf der Haut. Sie ließ sich viel Zeit mit den Tattoos, wog genau ab, was es werden sollte. Es gab düstere Jahre, Jahre, in denen sie sich fest an ihr Hoffnungsprinzip klammern musste, sich über Wasser hielt, irgendwie. Sie hat diese Zeit verarbeitet, jedoch nicht, wie so manche anderen, in ebenso dunklen Bildern. Schmetterlinge zieren stattdessen ihre Haut, natürlich auch eine kleine Elfe. Ein Engel soll noch folgen, ebenso wie ein Schriftzug jener Erkenntnis, die ihr Leben begleitet: Hope dies last.

Wenn sie alt ist und wenn der Schriftzug vielleicht nicht mehr ganz so formschön verläuft wie heute, wenn sie dann irgendwo am Strand sitzt und ihr dann ebenfalls alter Mann neben ihr, genauso bunt wie sie, dann möchte sie aufs Meer schauen, die Ruhe genießen und sich immer noch sagen können: Man sollte nichts bereuen im Leben.

Betty Racoon

Das ist ja mal ein Kompliment: *„Du siehst aus wie ein Waschbär"*, kommentierte eines Tages die beste Freundin Kims außergewöhnlichen Ponyschnitt. Das brannte sich ein. Waschbär wiederum klingt auf Englisch ganz anders. Noch flugs eine „Betty" vorne angestellt und fertig war der Nickname.

„Die Leute schauen auf meinen Arm.
Zehn Minuten lang. Sie schauen. Und sie tuscheln."

62

Kim Strickling | Recklinghausen

Was dich nicht tötet, härtet dich ab. Das sagt sie sich, wenn sie wieder einmal beim Tätowierer sitzt und die Nadel vibriert. Das erste Mal saß sie mit 16 so da, inzwischen trägt sie so viele Kunstwerke auf der Haut, dass die auf dem besten Weg sind, ein großes Ganzes zu werden. Ungewöhnliche Wege: Sie spielen eine große Rolle bei Betty Racoon. Ihr erstes Piercing bekam sie beim Arzt, weil sie keinen Piercer fand, mit 14 schon trug sie den Schmuck an der Augenbraue. Eine Trendsetterin, nicht nur darin, wie sie ausschaut, sondern auch darin, was sie tut: Gemeinsam mit ihrem Freund betreibt sie einen Online-Shop, der ausschließlich Produkte für Veganer anbietet. Und diese stellen die beiden auch noch selber her.

Ihre Haut gleicht zunehmend einem Wunderland der Bilder, in denen auch jene Menschen verewigt sind, die kamen, lange blieben und plötzlich gingen. Menschen als Knochengerüste, tropfende Herzen: Betty Racoons Metaphorik polarisiert. Und das passt irgendwie genau zu ihr.

Miss Tragedy

Klingt ja schon ein bisschen tragisch und negativ, dieser Nickname. Ist aber nicht so gemeint. Zu „tragedy", diesem so dramatisch erscheinenden Namen, hat sich Heidi von einer Hardcore-Band inspirieren lassen. Eine Tragödie, das unterstreicht sie, hat ja nicht nur Trauriges in sich.

„Der Schriftzug steht aus gutem Grund auf meinem Dekolleté. Genau über meinem Herzen, denn da kommt er am besten zur Geltung."

„Der Spruch drückt das Leid aus, das wir alle erfahren.
Ein Leid, dass uns auch alle ein Leben lang begleiten wird."

67

Heidi Mauritz | Essen | 21. Juli 1987

Nein, Lust auf Schmerz hat sie nicht, das stellt sie gleich mal klar. Vielmehr vergisst sie die Schmerzen der Nadel so wie Mütter den Schmerz einer Geburt vergessen. Mit 16 stahl sie sich das erste Mal heimlich ins Tattoostudio und ging gleich in die Vollen: Die Innenseiten der Oberschenkel sollten es sein. *„Ich wollte es immer schon, schon früher. Aber meine Eltern haben immer Nein gesagt. Zum Glück, sonst hätte ich heute sicher Motive, die mir nicht mehr gefallen."* Die Beinmotive, zwei chinesische Schriftzeichen, hatte sie sich lange vorher überlegt, ebenso anschließend ihr Bauchtattoo und danach den Schriftzug auf ihrer Brust, der ihr Tattoo-Gesamtbild prägt wie kein anderes: „My lifelong tragedy". Im Leben ist eben nicht alles rosig, vieles ist schlimm, man verliert Menschen, die man liebt, man fällt, steht wieder auf. Wie wunderschön indes dieser Schriftzug auf ihrer Haut ist, darüber sind wohl alle Zweifel erhaben, allein seine Aussage muss Geister scheiden. Zum Beispiel jene jüngeren Geister von den älteren, die Tattoos allenfalls akzeptieren (wenn überhaupt). Da fällt der Ausschnitt beim Familienbesuch dann schon mal bescheidener aus: *„Es ist eben einfach eine andere Generation."*

Beccy Lavender

Rebecca gaben ihr ihre Eltern als zweiten Vornamen mit, daraus wurde schnell Beccy. Eine Beccy, die den Lavendel liebt, sein Lila, seinen Duft. Daraus entstand, nach langem Überlegen, der Name Lavender. Beccy Lavender.

„Ich rauche nicht. Ich trinke nicht. Und dann kriege ich einen Schlaganfall. Das muss man sich klarmachen: So was kann einem auch mit 26 Jahren passieren.“

„Die Tattoos sind wie ein Ruhepol
auf meiner Haut. Wenn ich im Stress bin,
betrachte ich meinen Arm und fühle
mich schon ganz anders.“

71

Beccy Lavender | Essen | 16. August 1980

Sie ist noch gar nicht lange verheiratet, ihr kleiner Sohn noch keine drei Jahre alt, da wird alles dunkel. Eine Arterie reißt, sie bekommt eine Hirnblutung, einfach so. Als sie nach ihrem Schlaganfall wieder aufwacht, halbseitig gelähmt, beginnt vieles wieder von vorne. *„Das ist das Schlimmste, was ich bisher erlebt habe"*, erzählt Beccy Lavender heute, da sie wieder genesen ist. Der Schicksalsschlag soll bald verarbeitet werden in einem neuen, einem weiteren Tattoo, aber wann, das weiß sie noch nicht.

Sie hat gelernt, sich Zeit zu lassen. Der Delfin, den ihr der Papa schenkte, als sie 15 war: Nicht mehr als ein Schnellschuss. Ein Lock-Geschenk, dass geschiedene Eltern gerne benutzen, um den einen gegen den anderen auszuspielen. Den Delfin gibt es heute noch. *„Ein Mahnmal"*, sagt Beccy, *„falls mein Sohn, bevor er 18 wird, auf die Idee kommt, es genauso zu machen."* Als sie selbst 18 war, tat sie es erneut und wieder überlegte sie nicht lange: Ein chinesisches Schriftzeichen kam dazu.

Lange bevor sie ihren Mann traf, der die Tattooleidenschaft genauso lebt wie sie, war sie tätowiert. Gemeinsam mit ihm teilt sie nun diese Leidenschaft. Auf der Haut trägt sie heute ungewöhnliche Bilder: Eine indische Tempelstätte und das halbe Universum mit all seinen Planeten. Motive mit Bedeutung: *„Es sind beides Orte der Ruhe und Stille, wie Paradiese"*, findet sie. Zur Hochzeit beschenkten sie und ihr Mann sich gegenseitig. Nicht mit einem Ring, der kommt vielleicht irgendwann, sondern mit einem Tattoo: „Ethan" tragen sie beide am Handgelenk, im selben Schriftzug. Es ist der Name ihres Sohnes. *„Denn er ist derjenige, der uns ewig verbinden wird."*

Psychobambi

Marilyn Manson ist wohl der Prototyp all jener, deren Künstlername das Schönste und das Grausamste vereint. Marilyn Monroe trifft auf Charles Manson. Auch bei Psychobambi ist das so. Bambi, das niedliche Rehlein, trifft auf den wie auch immer gearteten Psycho.

„Ich finde es wichtig, auch im Alter noch meine Tattoos zu haben. Sie erinnern mich dann an die damalige Zeit."

74

Angelina Petersen | Wuppertal | 10. Januar 1984

Bilder spielen eine wichtige Rolle für sie. Nicht nur die auf ihrer Haut, auch jene, die sie selber malt oder kreiert. Bevor im TiC, dem arg gebeutelten Theater im Wuppertaler Stadtteil Cronenberg, ein Bühnenbild bestaunt wird, hat Psychobambi da in der Regel ihre Finger im Spiel. Und wer wie sie selber malt, und das nicht nur hinter der Bühne, der stellt besondere Ansprüche an jene Motive, die Ewigkeiten halten sollen. Wenn, dann richtig, wenn, dann große Flächen: So denkt die Malerin. Kein Wunder also, dass sie einen Arm und den rechten Unterschenkel bereits komplett tätowiert hat.

Mit einem Teddy fing alles an. Mit voller Unterstützung von Mama, die ebenfalls verschiedene Tattoos trägt.

Die Hautgeschichte von Psychobambi ist indes noch lange nicht zu Ende erzählt: *„Ich finde immer wieder etwas Neues. Ich will nicht sagen, dass ich irgendwann mal komplett zu bin mit den Tattoos. Aber ich kann auch nicht sagen, dass es nicht mal so ist."* Jenes Bild von der traurigen Katze, die in einer Ecke sitzt, ein Bild, dass sie vor einiger Zeit gesehen und das sich ihr eingebrannt hat, soll auf jeden Fall noch kommen. Wenngleich die Prozeduren als solche ihr nicht unbedingt die allergrößte Freude bereiten: *„Ich habe Motive, da ging es über vier oder fünf Sitzungen. Da hat man dann irgendwann immer weniger Bock und will unbedingt fertig werden."*
Aber dann...

Elfenzauber

Für sie stand immer fest: Wenn ich mal was eigenes mache, was Künstlerisches, dann wird es diesen Namen tragen. Elfenzauber.

„Erst, wenn du alles
verloren hast, hast du auch
die Freiheit, alles zu tun."

78

„Ich bekam mit 19 ein Tattoo,

das tat so weh, dass ich mir sagte: Nie wieder.

Drei Wochen später hatte ich das Nächste.“

Christin Knoll | Schwedt | 7. Dezember 1983

Die Sehnsucht, mehr zu sein als das, was man ist, jemand anders zu werden, aber immer noch einen Teil von sich selbst zu behalten: Sie umtreibt viele Menschen. Flügel haben, aber kein Vogel sein, sich verwandeln können, aber im Inneren derselbe Mensch bleiben – Wünsche, die auch Elfenzauber immer wieder hegt. Die elfenhaften Schmetterlingsflügel auf ihrem Rücken spiegeln diese Wünsche wider. Sie ist längst eine Süchtige. *„Ich möchte viel Fläche zumachen und ich möchte damit schnell fertig werden. Denn noch bin ich jung und da sieht es einfach gut aus"*, sagt sie lachend und wer dahinter Beliebigkeit vermutet, der liegt falsch. Tattoos bedeuten Persönlichkeit für sie, stehen für den Menschen, der in und unter dieser Haut steckt. Natürlich hat auch sie ihre Jugendsünde hinter sich und die Geschichte dazu zählt vielleicht zu den niedlichsten: Mit 14 lässt sie sich ein winziges Symbol auf die Schulter stechen, das so eben unter den Träger des BHs passt, dazu schlecht gestochen ist und mit der Zeit verblasst. Nach drei Jahren entdecken es die Eltern per Zufall und fragen verdutzt: Sag mal, was hast du denn da? Inzwischen überdeckt ein Stern die Sünde, die nicht viel mehr als ein Fleck war. Längst sind die Hautbilder zu ihrem Lebensinhalt geworden, auch, weil sie heute selbst tätowiert. Friseurin, das war nicht wirklich was für sie, die jetzt ihr Glück gefunden hat. Und nebenbei auch ziemlich geschäftstüchtig ist: Ihr Geschäftslogo hat sie sich gleich mal über die Brust tätowieren lassen. *„Damit's auch jeder sieht. Eigenwerbung muss schließlich sein."*

Gen

Es ist so toll, als Tätowiererin zu arbeiten. Du erfährst jedes Mal etwas Neues aus dem Leben eines anderen. Und jeder hat wieder eine völlig andere Sicht auf die Dinge."

„Ich musste den Arm als
Grenze festlegen, damit ich nicht
irgendwann doch noch alles zumache."

„Wer zu mir kommt, muss nach dem ersten Gespräch auf seinen Termin warten. In dieser Zeit sollen sich alle noch mal intensiv mit ihrem Motiv auseinandersetzen.“

Geneviève Rousseau | Bochum | 3. Juni 1981

Der linke Arm ist die Tabuzone. Die hat sich Gen, die ihren wunderbar klingenden vollen Namen dem Umstand verdankt, dass ihr Vater Franzose ist, selbst gesetzt: *„Ich musste den Arm als Grenze festlegen, damit ich nicht irgendwann doch noch alles zumache.“* Mit 18 Jahren bekam sie das erste Tattoo, das astrologische Symbol ihres Sternzeichens. Sie hatte warten müssen bis zur Volljährigkeit, hatte dann den halben Sommer über gejobbt, einzig und allein für eben jenes Tattoo – dem später 15 weitere folgten. Die Lilien und Kirschblüten auf dem rechten Oberarm, sie stehen für die Vergänglichkeit der Schönheit, das Herz auf der Brust ermutigt sie immer wieder, die Liebe und den Stolz zu sich selbst nie zu verlieren.

Tattoos sind ihr Lebensinhalt geworden, erst recht, seit sie selbst als Tätowiererin arbeitet. *„Man trifft da echt krasse Gestalten und manche Sachen, die man erfährt, nimmt man mit.“* Sie, die sich vor jedem neuen Bild intensiv Gedanken macht, was es sein soll und wie, nimmt sich auch für Kunden Zeit – und zwingt diese, sie sich ebenfalls zu nehmen: *„Wer zu mir kommt, muss nach dem ersten Gespräch auf seinen Termin warten. In dieser Zeit sollen sich alle noch mal intensiv mit ihrem Motiv auseinandersetzen.“* Oder sich Grenzen setzen. So wie Gen mit ihrem freien linken Arm.

Jill Diamond

Was für ein Kompliment: „Du bist", so sagte ihr mal jemand, „als Model wie ein ungeschliffener Diamant."

„Seit ich so viele Tattoos trage,
werde ich als Model noch
öfter gebucht als vorher.“

Svenja Rausch | Reutlingen | 17. Juni 1984

Sie liebt es, vor der Kamera zu sein. Lebt mit den Blicken, den Reaktionen, spielt mit ihnen. Und sie kennt die Regeln: Seit 2005 arbeitet Jill Diamond hauptberuflich als Model. Tattoos spielten für sie damals zwar schon eine Rolle, aber noch nicht so richtig: Erst im vergangenen Sommer, da war sie schon 22, wagte sie sich daran, die eigene Haut für ein Ewigkeitsbild herzugeben. Ihr Freund war da schon forscher: Von Kopf bis Fuß ein einziges Kunstwerk. Doch auch Jill Diamond ist mittlerweile auf dem Weg dorthin. Schwalben zieren ihren Rücken, ein etwas anderes Familienporträt in Form von Totenköpfen kam dazu. Familie, sagt sie, sei ihr wichtig. Aber wie alles sei auch sie vergänglich.

Vieles an Jill ist Kunst und vieles, was sie tut, wird ebenfalls dazu: Inzwischen gibt es Rockabilly-Shirts mit ihr selbst als Motiv drauf. Mit ihrem Freund betreibt sie eine Kneipe, gemütlich, verrockt und deshalb so echt. Eine Ruhelose, die sich immer wieder neu, immer wieder anders erfinden will. Und die sich ihr Lebensmotto deshalb schon hat verewigen lassen: *„Mi vida loca – mein verrücktes Leben."*

Pia

*„Ich lebe seit fünf
Jahren straight
edge. Viele fragen
mich, wie das geht.
Andere beneiden
mich."*

Pia Lessacher | Schwelm | 28. Juni 1982

Vielleicht ist dies die einzige Chance, Pia Lessacher in einem Buch zu sehen. Denn, obgleich sie das Spiel mit der Kamera genossen hat, es könnte eine einmalige Geschichte gewesen sein. Das Innere nach außen tragen: Das macht sie vor allem für sich, für niemand sonst. Alles begann mit einem Klischee: Mit 17 kam das Arschgeweih, sie wollte halt ein Tattoo haben, schließlich zieren den Körper ihres Bruder zig Motive. Das Geweih covern? No way. Es ist das erste Tattoo und das bleibt.

Ein anderes, das Logo einer Band auf ihrem Rücken, verwandelte sich allerdings – in einen wunderschönen Old-School-Schmetterling.

Am längsten grübelte sie über das vergleichsweise kleinste Tattoo nach. Vor allem über dessen Platzierung: *„Ich habe drei Jahre gebraucht, um mir über das Tattoo an meinen Fingern klar zu werden."* Wurde sie und tat es: „Drug free" steht seitdem dort geschrieben.

Melissa

"*Hast du eins, willst du mehr. Ich wollte das ja nicht glauben, aber es ist wirklich so.*"

Melissa Geisen | Bottrop | 25. April 1986

Es ist nicht so, dass sie besonders gläubig wäre. Wie für viele Menschen gibt es auch für sie einen Gott, eine Allmacht, die über allem wacht. Und es gibt Maria mit ihren Rosen. Eine Beschützerin. Eine Vertraute. Ein Hoffnungsschimmer in dunklen Tagen. Maria stand ihr bei in einer Zeit, als es ihr nicht gut ging, sie half ihr dabei, neue Wege zu finden für sich und ihr Leben. Es dauerte freilich lange, bis Marias Bildnis auf ihrem Rücken endlich vollendet war. Schon bald soll es erweitert werden.

Ein Totenkopf mit Schmetterlingsflügeln, eine Blumenranke und ein Diamant – all das sind viele weitere schöne Motive an ihr, aber sie können nur eine Nebenrolle spielen bei diesem Wunderbild auf ihrem Rücken. Dieses Wunderbild zeigt sie auch gern anderen Menschen: *„Ja, der Reiz ist da. Und natürlich werde ich oft darauf angesprochen."* Bei aller Offenheit: Sie hat sich nicht für die Show tätowieren lassen. Sondern für sich selbst.

Sarah

Wie es vor der Kamera ist? Meine Mutter ist Fotografin. Da kommt man rein, will nur mal ‚Hallo' sagen und sie stellt gleich einen neuen Hintergrund auf."

„Da kann noch einiges kommen.
Heute denke ich, das Dekolleté lasse ich frei.
Aber wer weiß, was in zehn Jahren ist?"

103

Sarah Göbels | Oberhausen | 26. März 1984

Das OM-Zeichen auf ihrem Schulterblatt hat langsam zu ihr gefunden. Als sie es stechen ließ, heimlich mit 14, da dachte ihre Mutter, es sei ein Abziehbild. Sie selbst fand es einfach nur schön. *„Ich dachte, es hätte gar keine Bedeutung."* Hat es aber. Es steht für den Einklang von Körper und Seele, was ihr selbst erst später klar wurde. Bedeutung: Das spielt in den meisten ihrer anderen Tattoos allerdings keine Hauptrolle. *„Ich lebe locker-flockig vor mich hin und das spiegelt sich auch in den Bildern."* Der Rücken als Meer aus Blumen, ein Stern am Ohr.

Sie zeigt es. Spielt damit. Kein Wunder, wenn die Mutter selbst Fotografin ist und die Kamera schon immer da war. Und nah war. Sie wiederum sucht den Fokus: Trat schon im Fernsehen auf und reist auf ihrer Coyote Ugly-Tour quer über die Welt: Norwegen, Korea, Ägypten. In Sachen Hüftschwung kein Problem für die frühere Cheerleaderin...

In ihrem Hauptjob, in dem die gelernte Piercerin auch ihre Vorliebe für Kosmetik ausleben kann, geht es ebenfalls vor allem um eins: Die Optik. Erfahrung im Piercen hat sie seit Jahren: Mit acht stach sie ihrem Zwillingsbruder Ohrlöcher, mit 14 ihren Freundinnen Bauchpiercings. Und ihre eigene Optik? Die soll sich weiter verändern. *„Da kann noch einiges kommen. Heute denke ich, das Dekolleté lasse ich frei. Aber wer weiß, was in zehn Jahren ist?"* Eines aber weiß sie genau: *„Man muss das Leben spüren. Jeden Tag."*

FaceOfFairy

„Ist doch klar: Die ältere Schwester hat schon mit 16 ein Tattoo.
Da will ich natürlich auch eins. Aber die Größe hatten meine
Eltern dann nicht erwartet."

Kathy

„Eine Traumwelt hat doch
jeder. Aber durchs Leben
muss man offenen Auges gehen."

„Als wir die ersten Fotos sahen, dachten wir:
Okay, die zeigen wir aber nicht Mama."

Kathrin | Recklinghausen | 28. Februar 1983
Nicole | Recklinghausen | 26. März 1987

Mein Blut: Dieser Schriftzug verbindet sie für immer. Nicole trägt das „K" von Kathrin, sie wiederum hat sich ein „N" tätowieren lassen. Zwei Schwestern, die eine Leidenschaft teilen, das aber auf total unterschiedliche Weise. Kathrin, die Ältere, die zuerst durfte, blieb bis heute zurückhaltend. Eine kleine Sonnenblume auf dem Rücken, dazu die Initialen ihrer Lebenseinstellung: SXE, Straight Edge. Sie verzichtet auf jegliche Art von Drogen, dafür setzt sie auf echte Werte, wie Treue, wie Verantwortung. „Ich brauche sehr viel Zeit für ein Motiv, denke lange über die Dinge nach und wenn etwas nicht ausgefeilt ist, mache ich es auch nicht."

Die Lebenseinstellung teilt Nicole völlig, aber sie lebt die Tattoos ganz anders aus, viel offensiver: „Schon mein erstes Bild waren die großen Orchideen auf den Hüften, danach kamen recht schnell Arm und Rücken dazu. Ich habe immer wieder etwas im Kopf, aber die Motive müssen passen, müssen meine Persönlichkeit widerspiegeln." Der Engel auf ihrer Schulter bedeutet Schutz, die Geisha steht für die Stärke einer Kämpfernatur.

Die Tattoos selbst empfindet sie längst als Teil von sich: „Sie gehören einfach dahin."

Susann

"I don't want the world.
I only want what I deserve."

„Auf dem Rücken habe ich ein Gemälde
von Edvard Munch, in dem Spermazellen
rund herum fliegen. Als meine Mutter das sah,
ist sie total ausgerastet. Aber das Gemälde ist doch so."

112

Susann Gerhardt | Münster | 30. März 1980

Sie hat es mit der Kunst. Ganz gleich, ob Gedicht oder Gemälde, ob poetisch oder erotisch oder beides. „Einst erlöschen alle Sterne, doch leuchten sie allzeit ohne Angst": So steht es auf ihrem Arm geschrieben, ein Zitat der slawischen Schriftstellerin Ewa Lipska. Aber weder auf slawisch, noch auf deutsch trägt sie es – sondern auf griechisch. Das wiederum ist Zufall: *Die Freundin meines Tätowierers ist Griechin*", erzählt Susann. 18 Jahre alt war sie damals beim ersten Tattoo. Mit 15 wollte sie zwar schon, aber da wollte ihre Mutter nicht. Die wollte zwar auch drei Jahre später nicht, aber da konnte sie ja nicht mehr...

Seitdem bekommt Susann mindestens jedes Jahr ein neues Motiv. Und: *„Ich mache mir auch immer weniger Gedanken darüber. Eines meiner Motive besteht nur aus den Farben rosa und hellblau, das finde ich halt einfach nur geil."* Und wer wie sie Fotografin ist und bald ein Buch herausbringen möchte, wer selber am liebsten Gesichter, Blicke, Gesten festhält, der achtet genau auf die Details. *„Es geht mir um die Emotionen."* Provokant und polarisierend darf es aber auch sein auf ihrer Haut. Wie das Gemälde „Die Madonna" von Edvard Munch, das eine Frau beim Liebesakt zeigt: *„In meinem Job wird vieles verziehen. Da erwarten die Leute sogar was Durchgeknalltes."*

Norma Jean

Die großartigste Blondine, seit es gefärbte Haare gibt, starb viel zu früh. Wie sie starb, weiß bis heute keiner so ganz genau. Wie toll sie war und immer noch ist, das erkannte auch Julia, die mit 14 ihre Liebe für Marilyn Monroe entdeckte. Ihre Filme, ihre Songs, ihr Leben. Also huldigte sie ihr, indem sie sich als Nickname Marilyns wahren Namen gab. Und sich die Haare färbte: Seit sechs Jahren trägt auch sie platinblond.

»Ich habe das große Glück, dass mein Bruder Tätowierer ist.
Der sagte mir mal: Überleg dir was Spezielles. Da kam ich auf den Colt im
Strumpfband auf meinem Oberschenkel. Und dachte: Wow, so was hat bestimmt keiner.«

Julia Ziebart | Oberhausen

Mit 18 begann für Norma Jean ihre ganz persönliche Hautgeschichte: Ein Stern kam aufs Steißbein. Die ersten Bilder versteckte sie vor ihrem Vater, während die Mutter schnell Bescheid wusste. Inzwischen hat sich auch der Papa damit abgefunden, dass die Tochter Bilder auf der Haut trägt. Und auch noch einige dazu bekommen will, denn Schmerzen spürt sie beim Tätowieren kaum und eine Grenze nach oben gibt's nicht. Ebenso wenig übrigens eine tiefere Bedeutung ihrer Motive: *„Für mich sind die Tattoos vor allem Schmuck"*, gibt sie zu. Den wiederum muss sie als Krankenschwester im Job geschickt verstecken. Ganz anders vor der Kamera. Sie gastierte bereits in einer Fernsehsendung über Tattoos und lässt sich regelmäßig fotografieren: *„Ich mag es total. Und bin immer wieder stolz auf das Endprodukt."*

Eliza-Fire

„Die Psyche des Menschen ist das Interessanteste überhaupt. Deshalb studiere ich auch Psychologie. Medizin war mir dagegen eindeutig zu blutig.“

„Der Drache hat etwas Mystisches,
steht für Lebensenergie, Kraft und
Schutz vor negativen Einflüssen."

Linda Kays | Bochum | 12. August 1979

Willkommen in der schwarzen Szene. Willkommen bei Gothic, willkommen bei EBM, willkommen bei Eliza-Fire: Das Fetisch-Model fühlt sich in der künstlerischen Düsternis zu Hause. Und das seit Jahren. Schon ihr erstes Tattoo, das bekam sie mit 19, war eine Fledermaus. Die hat sich mittlerweile in einen Drachen verwandelt, der ihren gesamten Rücken beherrscht: *„Er hat etwas Mystisches, steht für Lebensenergie, Kraft und Schutz vor negativen Einflüssen."* Der Drache hat eine ganz besondere Bedeutung: Er entstand erst nach dem Tod ihrer geliebten Mutter – und er half ihr, mit dem Schmerz des Verlustes besser umzugehen. Auf ihrer Brust regiert ebenfalls ein solcher Drache. Als dieser entstand, war ihre Mama noch dabei.

Ein Stück unter dem mystischen Feuerwesen lebt auf ihrer Haut eine nicht ganz unbekannte Krähe: Ihre Augen leuchten wie die aus dem Kultfilm „The Crow". Den umweht ebenfalls etwas Morbid-Mystisches: Hauptdarsteller Brandon Lee starb bekanntlich während der Dreharbeiten an einem Schuss.

Die dunkle Szene, sie ist für Eliza-Fire zur Leidenschaft geworden. Beruflich fährt sie ein Programm, das sich, wie sie findet, ganz gut mit ihren Leidenschaften verbinden lässt: Sie studiert Psychologie. Und kann so die menschlichen Abgründe der Seele entdecken: *„Nur wer selbst verletzt wurde, kann auch die soziale Intelligenz haben, einen psychisch Kranken zu verstehen und ihm zu helfen."*

120